MAMO

Angi Máté

Mamo

WERELDBIBLIOTHEEK · AMSTERDAM

Dank je, Ellen.
Angi en Anikó

Vertaald uit het Hongaars door Anikó Daróczi
in samenwerking met Ellen Hennink

Omslagontwerp Ron van Roon
Foto omslag Koos Hageraats

Oorspronkelijke titel *Mamó*
© 2009 Angi Máté en Koinónia
© 2013 Nederlandse vertaling Anikó Daróczi en
Uitgeverij Wereldbibliotheek bv
Nieuwezijds Voorburgwal 330
1012 RW Amsterdam

www.wereldbibliotheek.nl

ISBN 978 90 284 2563 7
E-BOEK 978 90 284 4086 9

LANGE TIJD GELOOFDE IK dat sommigen uit een grootmoeder werden geboren, anderen uit een moeder, uit de ene of uit de andere. Over mezelf dacht ik dat ik alleen een grootmoeder had; met haar woonde ik in het blauwe huis, zij deed mijn haren groeien en zij maakte de melk.

Toen ik mensen en kinderen begon te zien, leken die anders te zijn dan wij. Dat wil zeggen, een voor een waren ze wel zoals wij, want tante Lidi had rimpels net zoals mamo, en ikzelf was net als elk ander kind op de kleuterschool, maar die hadden vaders en moeders. Later kwam ik te weten dat ik geen vader had en dat mijn moeder dood was. En mamo zei dit op een manier alsof ze het niet uit haar mond wilde laten komen, ze perste de woorden eruit, en haar ogen hielden niet van mij. Daarna dacht ik dat ik er zelf iets mee te maken had dat mensen doodgingen.

Mamo hield heel veel van kerkhoven en begrafenissen. We keken naar begrafenissen door een gat in het houten hek, natuurlijk waren we goed zichtbaar achter de planken, maar dat kon ons niet schelen. De lange rij mensen bibberde voort, met dat zwarte in hen. Zwarte zigeuners, zwarte trompetten, zwarte benen tegen de flanken van de paarden, ze draaiden allemaal rond in dat gat. Mamo was dan altijd een beetje blij dat ook anderen doodgingen, niet alleen Ilike, die mijn moeder was geweest.

Mijn moeder was sterk. Ik heb een foto van haar. Ik was al helemaal volwassen toen ik die in handen kreeg. Ik was zo groot en ook het vergeten was zo groot in mij, dat ik niet wist of ik moest toelaten dat deze foto mijn moeder werd. Want er leefde geen beeld in mij. Dus ik liet het maar toe. Ze was sterk, want ze tilde de spoorboom op. Dat was haar werk. Ze draaide hem krachtig omhoog als de trein floot. Uit een klein spoorwachtershuis kwam mijn sterke moeder dan naar voren, ze draaide, ze stopte met draaien, de trein raasde voort, en dan draaide ze weer. Ik weet niet of ze ervan hield om dit te doen. Op de foto is dat niet te zien.

Ze had een man en twee kinderen. De man was een vechtersbaas, de kinderen waren huilers. Dat is ook niet te zien op de foto. Ze houden elkaar niet vast zoals mensen dat doen die veel liefde in zich hebben. Uiteindelijk begon mijn moeder toch van iemand te houden, die met een trein was gekomen, hij liep over de rails. En hij liep verder. Zo werd ik geboren.

Toen stopte mijn moeder zichzelf en mij in een kleine, treurige koffer en ging naar het huis van mamo om dood te gaan. Ze liet het vechten van de vechtersbaas en het huilen van haar huilers achter, ze liet ook het draaien achter, alleen mij nam ze mee, ze legde me neer in het blauwe huis, het donker kroop er net naar binnen.

Mamo keek me aan, zoals ze dat later ook altijd deed, haar woede blies een vloek om me heen, ze spuwde het teken van iets slechts op mij, zodat ik tot de dag van vandaag niet zou weten of ik nog goed voor iemand kan zijn. Het blauwe huis had geen zijmuren, of beter gezegd, het gat was groter dan de zijkant, mamo duwde het bed ertegenaan, en het bed bedekte het gat. Slechts af en toe konden we aan het flakkeren van de vlam in de lamp zien dat wat buiten was tussen ons in kwam.

HET GEBEURDE WEL EENS dat ik iets wilde zeggen en niet wist hoe ik het moest zeggen opdat het waar zou worden. Als ik naar de viooltjes in de blikjes keek, wist ik nooit of het mijn hoofd was dat naar hen toeboog, of dat hun hoofden omhoogkwamen, naar mij toe. Met hun grote, platte hoofden raakten ze mijn neus aan, ik had hun verdriet er met mijn vlechten uit kunnen lepelen. En ik streelde mijn huid met hen. Ik kende niets anders wat zo goed was als die bloemen.

Ik wist ook niet wat de waarheid was over de lengte van de haren van mamo, ik zag die nooit wapperen, daarom stelde ik me soms voor dat er een vogelnest of een hoop bij elkaar geraapt droog gras op haar hoofd was vastgeprikt. Een andere gedachte was dat ze wel wapperharen had, en er haartrekkevertjes op haar hoofd bij elkaar kwamen als ze sliep, die de opdracht hadden om de haren van mamo los te maken, eroverheen te glijden tot ze plat werden, ze met hun nageltjes glad te maken, en ze dansend om hun middel te draaien. Als

8

ze stopten met dansen was het gehele haarwezen op haar hoofd gedraaid, in gevlochten strengen.

Zulke dingen speelden er in mijn hoofd, en er verstreek veel tijd voordat ik te weten kwam dat ze uitgesproken en verteld mochten worden. Als ik met kinderen samen was, dacht ik nooit over dergelijke zaken na, ik droeg ze in mezelf mee om ze altijd tevoorschijn te kunnen halen als er niemand bij me was.

IK HAD DESTIJDS VLECHTEN, en op de eerste dag van november trok mijn grootmoeder me ondanks de ijskoude ochtend de met kant omzoomde rouwmantel aan, ze maakte mijn haren los, spreidde die over mijn schouders en zette me neer bij het graf van mijn moeder. Er waren nog geen mensen, alleen wij, mijn moeders graf en de chrysanten die we thuis onder een deken hadden laten ontkiemen. We stonden te wachten tot men medelijden met ons kreeg. En daarna gebeurde er van alles: de mensen traden op ons toe alsof ze medelijden af te geven hadden. Tegen de avond, toen de ogen van mijn grootmoeder genoeg gewrevenheid toonden en ik er weesachtig genoeg uitzag, verscheen er ook een fotograaf, hij mat de afstanden, en keek vanuit welke hoek hij het marmer en ons moest nemen. Op die foto's staan mijn voeten nog steeds op het punt van weglopen, en is mijn blik vol koppigheid.

ER WAREN NOG MEER PLAATSEN, ik kan ze nu nog maar moeilijk zien. Een van deze plaatsen, waar mamo haar straffen bewaarde, had ik beter moeten onthouden, want ik stond er vaak: het was de kamerhoek. Behalve de straffen woonden daar nog het heen-en-weerschudden en het rimpelgif dat uit mamo kwam. Als ze me in de hoek liet staan, weet je, ontstonden er rimpels op haar gezicht en die kronkelden als regenwormen. Op de muur waren slagroomachtige bloemen die naar boven staarden, naar het plafond, ze smaakten niet lekker, maar als ik met mijn vingers hun lijnen volgde en eroverheen gleed, kregen de muur, mijn kleren en mijn tong andere kleuren, tot er onder de verf oudere bloemen verschenen, die ik nooit eerder had gezien. De muur bonsde, en mijn ogen bonsden, de toverij in mij wilde dat de opgesloten bloemen sneller, steeds sneller gingen groeien.

De andere plaats was er een waar ik goed kon kijken. Kijken vanaf de bank naar de andere kant van de kamer, tot de vogel op het wandtapijt zijn vleugels of zijn kop even bewoog, precies zoals ik dat wilde. Vroeg of laat kreeg ik tranen in mijn ogen van het dichtknijpen, en werd ik ook bang dat mijn ogen zo zouden blijven kijken, en dat de vogel, de kast, alles voor eeuwig zou bewegen.

Er waren ook bomen op het wandtapijt, ze stonden naast elkaar, en als ik mijn hoofd een beetje naar opzij draaide, en dan snel terug, smolten ze in elkaar tot een grote bruine plas. En zo bewoog ik mijn hoofd heen en weer tot mijn nek pijn ging doen. Dit waren mijn spelletjes.

Ook de kerk was een plek, de grootste, er was genoeg ruimte en ik kon er goed zien. (In het blauwe huis was het donker, en ik mocht er meestal alleen maar zitten, opdat er niets kapotging, ik niet barstte in dat dikke donker, en de dingen niet uit elkaar vielen.)

Ik moest wachten tot mamo tegen God sprak, ik keek naar de heiligen op de muur met hun uitgeboorde ogen, en ik was blij toen ik mijn eigen ogen op hun plaats voelde. Als niemand me zag, krabde ik aan die blinde heiligen, ik kietelde hun voetzolen, misschien zouden ze dit prettig vinden.

De plaatsen naast het pad maar nog niet in het gras lieten de vele hardruggige kevers toe. Hun klauwtjes grepen zo gretig naar het pad, het gras, de scheurtjes, alsof ze ergens hun tassen, kinderen of iets belangrijks hadden achtergelaten en ze die nu heel snel moesten terugvinden.

Ook mamo maakte zulke bewegingen toen ze een keer was vergeten me van de kleuterschool op te halen. Toen had ik mijn angst al achter me gelaten, ik zat op de schommel en riep met mijn luidste stem 'unapalomablancaaa, ik vlieg over de bergen'. De paloma en de blanca waren volop aan het vliegen toen ik mamo tussen hen door zag zigzaggen. Ze stormde op me af, ze zocht naar adem die ze op kon happen, en naar de touwen om me van de schommel af te halen en helemaal bij me te kunnen komen. En toen, met de angst achter me, wilde ik niet meer weg van de paloma's, ik wilde niet meer van mamo zijn en niet meer op mijn voeten lopen. Maar ze haalde me van de schommel, ze hield mijn hand stevig in de hare en we zetten onze voeten tegelijk neer. Meestal zette zij haar voeten als eerste neer, en ik stapte dan op de plek waar zij haar voeten net had gezet.

Het gezigzag van de kevers was precies zo. Terwijl ik naar ze keek, kroop het pad op mijn knieen, met scheurtjes, gras en korreltjes. Er groeiden kleine tuintjes op mijn knieën, en daar kon ik kevertje spelen: ik zette mijn vinger onder hun getril opdat ze verdwaalden. Ik pakte ze en ik trok hun pootjes uit, of iets anders, daarna leerde ik ze weer rondrennen, zonder poten of vleugels. Intussen zag ik dikke kevers naar mijn hoofd toekomen om hun harde ruggen in mijn oren te steken als straf voor al die poten en vleugels, en omdat mijn vinger hun pad had versperd toen ze aan het zoeken waren.

Dan ging ik een paar dagen niet naar de plaatsen naast het pad maar nog niet in het gras. Ik keek er niet naar, ik bespiedde de kevers niet. Als ik knielde, lette ik niet op hun gretige klauwtjes.

Ik wachtte tot er weer kleine tuinen groeiden op mijn knieën.

Ik wachtte tot het ging prikken in mijn benen.

Toen zei ik sssss, en ik sprong op en neer tot het prikken verdween en de tuinen eraf rolden.

Ik weet niet waarom ik altijd langs muren liep en bij muren stond. Waarom ik ernaar verlangde dat er iets aan hen veranderde, en dat ik iets met die muren te maken kreeg. Ik wilde alles aanraken, weet je, ik wilde dat ik met alles te maken had.

Ik boorde met mijn hoofd in de wereld om erbij te horen. Want eigenlijk was ik alleen.

OMDAT IK ALLEEN WAS, moest ik alles zelf proberen te begrijpen, en dit begrijpen werd op een of andere manier of te groot, of te klein. Ik begreep niet wat een put was, alleen dat een kind dood kon gaan in een put, want dit was alles wat mamo zei toen ze naar de put wees en me verbood om dicht bij die houten kist te komen. Ik begreep ook niet waarom ze me aan Jóska Pöcés wilde geven, ik was immers zo braaf, ik zat de hele dag op de bank, en die man zei vaak 'ik wil haar niet, Anna, ik heb er al genoeg'.

Ik begreep ook niet waarom we geen eendenkuikens in huis namen, en niets anders wat leefde omdat mamo van mening was dat in ons huis alles doodging. Dit waren de kleine soorten van begrijpen. Ik heb er ook veel over nagedacht waarom zuring dan zo levend uit onze grond tevoorschijn kwam, de ene spriet na de andere, en zo heftig leefde dat die tot mijn afschuw elke dag kon worden gekookt. Ook de wirwar in mijn haren leefde, opdat mamo de kam er krachtig in zou kunnen steken.

Toen ik al deze dingen in gedachten goed naast elkaar zette en ze bekeek, kwam ik te weten – en dit was het grote begrijpen – dat de slechte dingen bleven groeien, ze bleven ontstaan ook als we ze niet nodig hadden, terwijl ik naar de goede dingen wilde kijken die ver weg waren, zo ver weg dat ze niet eens leken te bestaan. Ik verlangde naar die goede dingen: naar een ander lichaam van mamo, een lichaam waarbij de angst niet naar me toe kwam, naar haar spreken dat zou uitleggen, en naar haar zachtheid die aangenaam zou zijn. Dit alles verlangde ik van de oude vrouw die mij om de een of andere reden niet wilde. Noch zij, noch de liefde, noch de kennis, noch het leven wilde mij.

Toen begon ik op ze te letten, en ik toonde me aan hen, boos, opdat ze me zagen.

ER ZIJN GROOTMOEDERS die schorten dragen met zakken vol lege vanillezakjes, en je kunt tot dicht bij die schorten kruipen en leunen tegen de geur van vanillepudding. Ik heb zulke grootmoeders wel eens gezien. Mamo had geen schort, er waren dus ook geen zakjes in haar zakken, een geur had ze wel, maar die kon ik moeilijk inademen, een duizelingwekkende klerenkastgeur mengde zich met de prikkeling van mentholspiritus die ze op haar zere botten smeerde.

Ze smeerde er soms ook de botten van anderen mee in, ze stopte haar vreemde stolpjes in een tas, het waren net jampotten van dwergen, ik zag hoe ze een keer die bolvormige stolpjes op de rug van onze buurvrouw drukte. Ze waren heet, en ze trokken aan het vlees op de rug van tante Fülöp, er ontstonden kleine vleesbultjes onder, en terwijl ze groter werden riep de tante 'ik kan niet meer, Anna, haal ze eraf', en tegen oom Fülöp kreunde ze 'haal een stukje kauwgom voor het meisje'. De kauwgom vulde mijn mond, er was bijna geen plaats meer voor mijn tong, ik bewoog hem dan ook niet, ik stond daar maar met een volgestopte mond en hoopte dat tante Fülöp niet zou genezen, want anders zou ik geen kauwgom meer krijgen, en zou dit heerlijkzoete speeksel niet meer door mijn keel lopen.

Ik was al groot genoeg, maar ik kon niet bevatten hoe het mogelijk was dat mijn chagrijnige grootmoeder als een goede fee potten zette op kreunende mensen, en dat ze daarbij niet zuchtte en vloekte zoals wanneer ík ziek was. Dan begon ze namelijk met al haar handen te gebaren en te dreigen, en zei ze 'ik heb het je wel gezegd, de mensen zullen nu denken dat ik niet goed op je pas'. Haar grootste zorg was dat ik ziek zou worden of van iemand anders ging houden. Van kinderen of van volwassenen. Er mocht dan ook niemand bij ons komen en ik mocht bij niemand komen.

Daarom hield ik van iedereen die bij het blauwe huis langskwam: van oom Feri de postbode, die het pensioen van mamo kwam brengen, van de zigeuners die altijd slakken verzamelden, ach, van iedereen en van alles. Ik hield van de rodebessenstruiken en van de slee, hoe vreemd dit ook mag klinken.

Toen werd ik groter, en ik begon van de kleuterschool te houden, met alles wat erbij hoorde.

OOK DAAR BEREIKTE ME het streng gerimpelde gezicht van mamo altijd. Op de Internationale Vrouwendag waren er menigten mooiste moeders met hun mooiste hoofden en kleren, en het rook sterk naar Pasen, hoewel het geen Pasen was. Wij stonden er en zongen hen toe. Zij zaten er, lieten hun tranen lopen en hun mooie hoofden bibberen. En ik had alleen een grootmoeder, ze zat achteraan in elkaar gedoken, ze trok aan haar strenge hoofddoek opdat die haar gezicht niet zou kunnen laten glimlachen, het was alsof ze zich schaamde om een teken van lieflijkheid te tonen toen ik het enige grootmoedergedicht foutloos voordroeg.

ZO MOET HET IN EEN HONINGVAT ZIJN, dit gewicht aan hoofd en voeten, en als ik iets aan mezelf zou bewegen, zou dat in die dichtheid maar heel, heel langzaam bewegen.

Zulke dingen voelde ik terwijl ik langzaam op de bloem van een acacia kauwde; ik voelde wel dat dit nu bestond, deze namiddag, maar ook dat ik altijd klaar moest staan, al wist ik niet waarvoor. Ik speelde net wandtapijt, ik zat aan het mooie te denken of ik krabde aan iets, of ik kauwde op iets, maar het kon elk moment gebeuren dat er een hand in mijn arm kneep, die van mamo, om me mee te trekken naar de kleuterschool, of om melk te kopen of naar de schoenmaker te gaan. En dan volgden er snelle bewegingen, er werd ergens naartoe gehaast, het was afgelopen met de honingtraagheid, en met het ingehouden voortbewegen. Dus ik moest altijd klaarstaan.

Zo kwam ook de overstroming.

Als de beek niet juist langs het blauwe huis had gestroomd, zou ik misschien nooit hebben gezien hoe het was als mamo bang werd. Ze kreeg zo'n bangheid dat die zelfs op haar gezicht te zien was. Haar lichaam werd tot een lange, dorre stok, die heen en weer begon te bewegen om ten slotte in de richting van de zolder te gaan.

Ik zag dat oom en tante Fülöp ook bang waren; tot dan toe hadden ze namelijk alleen gezeten, maar nu begonnen ze heen en weer te rennen. Rennend droegen ze de kippen naar de zolder en ik kon horen dat ook het rondrennen van de kippen in de afgedekte kisten bang was. Wij droegen alleen onszelf naar de zolder, mamo pakte vast wat ze kon, en ik pakte ook vast wat ik kon: trappen, leuning, muur. Iedereen was snel met bang zijn.

Ik weet niet meer hoe lang ik bang was, ik denk totdat het water begon rond te draaien tussen de huizen. Want het draaide zo mooi dat de kleinte van het zolderraam mijn ogen niet genoeg liet kijken, ik zou ze verder hebben willen sturen opdat ze de krachtige wateren tot aan de heuvels konden zien. Iets in mij deed zichzelf open. En toen siste mamo mijn verbazing uit elkaar, ze sleurde me weg van het raam en zei 'het ontbreekt er nog maar aan dat je in je broek pisssst'. Maar lange tijd bleef ik toch over deze wateren dromen.

MAMO WAS OOIT iemand geweest die in kamers naar het stof zocht en het wegveegde, de was deed, voor andere mensen kookte, op de spinnenwebben in de hoeken van hun huizen lette opdat die niet zouden aangroeien. In die tijd werd uit mamo Ilike geboren om later mijn moeder te worden, maar mamo vond dat haar kind geen vader hoefde te hebben. Het was niet nodig. Dus mijn grootvader, Mihály Vajda – die lang was en mooi, zo zag hij er in het hoofd van mamo tenminste uit als ze zich hem begon te herinneren –, vernam alleen dat Ilike bestond, maar zien mocht hij haar niet.

Ik weet niet waar mijn grootmoeder aan dacht toen ze het een keer in haar hoofd haalde om mij aan Mihály Vajda te tonen. Hij woonde ver weg, in Hétfalu, daar zat hij boos te wezen op de mamo van vroeger en op haar harde kop, want dit was wat hij zei toen hij ons door de poort binnenliet: u had een harde kop, Anna, een zeer harde kop.

Ik keek niet veel naar al die koppen, ik stond alleen maar te stralen daar in Hétfalu, door de reis, doordat we weg waren gegaan uit het blauwe huis en naar de verten gingen, en ik Mihály Vajda zag.

Ik mocht hem aanraken als ik dat wilde, hem die altijd wanneer de sneeuw begon te vallen een ansichtkaart stuurde waarop stond dat hij ons weer een gelukkig Nieuwjaar wenste. Dan werd mamo meteen vechtlustig, maar 's avonds stak ze de kaart toch in de omlijsting van de spiegel. Ik was zo blij dat ik door de grote blijdschap nergens op kon letten, alleen op het wachten zelf, ik zou nu immers een grootvader zien, de mijne. Ik weet niet eens meer of de reis met de trein was of over de vele wegen.

Daar stond hij op zijn lange benen, hij was het, mijn grootvader. Zijn hoofd zag ik nauwelijks, alleen als hij bukte. Als hij dan bukte, zag ik een grote witheid voor me, en prikte er rond zijn mond iets tegen mijn gezicht.

Ik bleef blij, want we waren met velen, en dat was goed: naast mijn grootvader stond een bange tante die ook daar woonde, mamo zei tegen me dat het zijn vrouw was. We gingen naar bed, en toen we weer wakker werden liet mijn grootvader zijn appelbomen en perenbomen zien. Ook bomen die geen appels en peren meer hadden, want ze werden tot hout, ze zagen eruit als een houten vloer, totdat mijn grootvader er laden van maakte. Laden voor tafels, want hij was meubelmaker. Zo zei hij het. Hij zei nog, terwijl hij zo veel dingen zei: Anna, het meisje moet leren typen op een schrijfmachine. Ik wilde me de machine voorstellen die kon schrijven, maar het lukte me niet. Mijn hoofd was vol dingen. In het blauwe huis had ik nooit zo veel dingen in mijn hoofd, alleen als ik er zelf voor zorgde dat ze in mijn hoofd kwamen.

Toen mijn grootmoeder mij, het kind van Ilike, naar Mihály Vajda meenam om me te tonen, wist ze niet of het goed was om in het verleden te roeren.

Dit is wat ze zei toen we tegen de avond moesten vluchten voor de woede van mijn grootvader, omdat hij zo vol palinka was dat hij zijn mond heel wijd open deed en er al het geluid uit liet komen dat hij in zich had, en met dingen begon te smijten. De bange tante werd nog banger, en wij renden weg, we namen de ronde, glanzende appels mee in onze tassen om nog eens aan de appelbomen te kunnen terugdenken. Toen zei mijn grootmoeder: 'Ik wist niet, kind, dat hij zo was, als ik het had geweten, zou ik niet in het verleden zijn gaan roeren.'

Ik probeerde te zien hoe het moest zijn geweest, of dat verleden iets ergs in zich had, ik begreep niet wat mijn grootmoeder daarmee had gedaan, maar zeker niet iets wat goed was, als Mihály Vajda er zo'n wijde mond van kreeg en zo vol boosheid was. En hij bleef nog zo lang boos dat ik tevergeefs op de ansichtkaarten wachtte toen het begon te sneeuwen. Er kwam niets. Maar in mij kwam er wel iets: het weten dat ik niet goed was. Dat mamo over het verleden en over het roeren sprak, betekende voor mij dat ik niet goed had getoond hoe ik was, anders had Mihály Vajda niet voor maar zo'n korte tijd mijn grootvader willen zijn.

WEET JE, 'S ZOMERS kon ik ernaar kijken hoe het stof mijn sandalen binnenkwam. Als ik ze uittrok, liet de plaats van mijn tenen een heel heuvellandschap zien. Mijn haren waren geel als grassprieten onder een emmer vol regenwater. Mijn kleren waren zonder gewicht, de zwaarte van de warmte, de nattigheid van het zweet zaten er wel in, maar toch konden ze fladderen.

Zo'n zomer was het op een belangrijke dag.

De kinderen van de kleuterschool moesten naar een vlakke weide toe, ver van de huizen, waar een helikopter kon landen. Die wilde landen opdat wij, de vele mooi wuivende kinderen, konden wuiven naar de aardige man die tot dan toe ook aan de muren van de kleuterschool hing. Iedereen die hierover begon te praten, moest heel snel ademhalen. Ook tante dokter, die naar onze keel en onze buik keek, was erg opgewonden toen ze op het papier schreef dat we niets in onze keel en op onze buik hadden, en dat we onze leider mochten gaan ontvangen, dit was wat ze zei.

De juf liet ons meerdere keren zien hoe we moesten wuiven, niet te veel en ook niet te weinig. En zij raakte ook opgewonden.

Mamo was bezig de plooien van mijn kleuteruniform te strijken met het strijkijzer dat met heet kolengruis was gevuld, opdat ik de beste wuiver kon zijn, en zij ademde ook snel toen ze zei dat ik onbeweeglijk moest staan als een stok, anders zou ik met haar te maken krijgen.

Ik stond dus als een stok, neem ik aan, en ik luisterde hoe eerst het strijkijzer zuchtte, dan weer mijn grootmoeder, of die twee tegelijk. Ik verlangde er zo erg naar om op de weide te zijn, als naar het mooiste waar je op kunt wachten, op de kerstman of zoiets. Toen kon mamo de linten voor mijn vlechten niet vinden. Daarna vond ze ze wel, maar hun franjes waren niet mooi met een kaars afgeschroeid. Toen ging ze ze afschroeien. En terwijl mamo haar handen heen en weer bewegend door de kamer liep, vlogen de linten overal rond in de lucht, en de stollende stukjes kaarssprenkels vlogen mee en vielen op de vloer en op de tafel. Het was heel mooi. Ik kon nauwelijks geloven dat die sprenkels op de kaarsen nog vloeibaar waren en ik er meteen aan mocht krabben. Dit wonder nam me mee en het ontnam me de zin in het wuiven, ik wilde alleen kijken en krabben.

Daarna voelde ik dat mamo mij uit het huis trok en me achter haar lange stappen aan sleurde, we renden en renden. We hadden in het midden van het dorp in de bus moeten stappen die de wuivers naar de weide voerde. Er stonden een paar tantes, ze schudden met hun hoofd en zeiden: 'Anna, jullie hebben hem mooi gemist.' De bus was weg, daarom zeiden ze dat. Mijn grootmoeder ging toen het huis binnen van een van de tantes die dit had gezegd, om genoeg tijd te hebben alles te vertellen over de vele zorgen met dit meisje. Waarom had ze toch vlechten en linten, zei ze, het was beter geweest die haren helemaal af te laten knippen, dan zouden we hier nu niet hoeven zitten. En ik zag die suizende linten weer, en de sprenkels, en daarom was het goed om te zitten, daar te zitten waar we waren. Ik verlangde er niet naar om te wuiven, geloof ik.

En toen niemand het zag, smeerde ik de bloedrode nagellak van de tante op al mijn nagels, al mijn knopen en speldjes, en de sluitingen van mijn sandalen, de dag verstreek, en het belangrijke ver-

streek mee. Mamo ranselde me af, en ik kon nauwelijks begrijpen waarom.

OP DE VERANDA stonden oude emaillen potten vol gaten, waar mamo planten in kweekte. Als ze haar armen om die potten heen sloeg, herinnerde ik me dat nu de tijd voor de winter was gekomen.

Ze omhelsde de potten en schuifelde met ze tot het raam, daar hing ze ze aan een haak, en ze bleef ze maar brengen totdat er meer prikplant dan vensterglas was.

Daar hingen ze dan maar te hangen, ze puilden uit de potten. Klimmen deden ze niet, hoewel ze klimplant heetten. Toch was het alsof ze altijd wel hadden willen klimmen maar het klimmen dat niet wilde. Ik had er een spel van kunnen maken, bijvoorbeeld dat ze het huis waren of mijn haren, maar om de een of andere reden hield ik niet van hen. Ja, omdat ze prikten.

Daar begon de winter mee, met de potten.

De lente begon met de komst van de eendenkuikens. Mamo was niet iemand die hard zou lachen, en ze zei ook niet 'kwak-kwak mijn kwakkertjes', maar oom Fülöp zette de mand neer in de hof en zei: 'Ik hoef er geen geld voor te hebben, Anna, mopper toch niet.'

Dus mamo veegde het kleine hok schoon en gooide de zachte, gele bolletjes er in.

Ik stond altijd bij het hok, ik schoof de sluiting van het deurtje omhoog en weer terug, dan weer omhoog, en daarna deed ik het deurtje heel langzaam open, totdat het een klik gaf, en ik de kuikentjes eruit liet. Voor hen was ík degene die keek. Zoals mamo dat was voor mij.

Ze woonden niet lang bij ons, want de bunzing dronk hun bloed op en toen konden ze niet meer leven. Dit gebeurde toen oom Fülöp in het donker stond te schreeuwen. Wij waren op de veranda, mijn tanden klapperden en ik zag hoe mamo het ene kuiken na het andere uit het hok trok en ze naast elkaar op de grond legde. Haar lichaam maakte bewegingen alsof ze stenen verplaatste. Het werd een tapijt van kuikentjes, zo zag ik het, maar vaag. Mamo telde ze, en intussen begon ik te begrijpen dat ik de kleine sluiting nooit meer zou losmaken en het deurtje wijd opendoen en dan kijken hoe ze op het gras rolden. Ik wist ook dat het lente was, de tijd dat mamo de potten met gaten en vermoeide planten omhelsde en ze naar het blauw daarbuiten sjouwde vanuit het dichte zwart daarbinnen. En als ze me toen had gevraagd wat ik graag zou willen, zou ik hebben gezegd dat ik een pot met gaten wilde zijn.

En herfst was er niet. Alleen winter en lente en zomer.

IN MAMO WOONDE DE SNELHEID. Snelheid woonde in haar handen, haar benen, haar mond en haar kleren. Die snelheid was het die de geneeskrachtige stolpen van de grond in de voorraadkamer opraapte, en voor ik dit besefte waren we al op straat en lieten ze tegen elkaar tinkelen. Ik sloot mijn ogen half en hoorde dat mamo, die naast mij liep, van glas was. Glas-mamo. Tingting, tingg, ting-ting-ting. En als ik nog verder speelde, zag ik ook haar glasogen die uit haar grote, lichtende glazen hoofd puilden, de stolpjes rolden in elkaar en werden tot kringels, haar langwerpige glazen knieën en glazenbollenenkels tinkelden bij elke stap. De zon scheen door haar heen. Ik liet mijn oogleden zo diep zakken dat de hobbelige stoep er niet meer bij kon, ik hobbelde en struikelde voort. Voortaan blijf je thuis, snauwde mamo. Ik bleef dus thuis, ik zat daar maar, naast mij stond een blauwe kast, een blauw bed met dons in een blauwe katoenen hoes, een blauwe plank met spiegels, en een klein fornuis dat op zijn hurken zat. Dat was niet blauw, maar matgrijs. Het zakte bijna door de drie poten onder zijn dikke buik, het was alsof het dichter bij mij wilde komen.

Mijn grootmoeder zette me naast het fornuis neer en zei dat ik me niet mocht verroeren. Toen ze wegging, begon ik me te verroeren, mijn elleboog verroerde, ik schuifelde eventjes met mijn voeten, ik liet de knopen van mijn hemd uit hun huisjes komen, daarna bracht ik ze terug in hun huisjes. Ik haalde de draaisels uit mijn haren, en ook de linten. Daar maakte ik een lange tong van, en benen die hingen en dansten, ze deden van alles. En terwijl ze zo bewogen, kwam een van hen tegen de hete buik van het fornuis, en hoppa, er verdween een stuk van. Weer ertegenaan, weer verdwijnen. De hitte at ze op, ze beet erin, er bleef nauwelijks iets in mijn handen over.

Op de zijkant van het fornuis was er iets bruins aan het pruttelen en aan het stinken. Ik geloofde niet dat dit het witte lint kon zijn. Dat was immers geen gepruttel en ook geen rook en het stonk ook niet. Het lint versierde mijn mooie haren, het was zacht en dansend en als het sneeuwen. Zoiets dacht ik. Lange tijd wist ik niet – misschien zelfs nu nog niet – hoe het was met de waarheid van de dingen. Maar ik voelde dat zowel het ene als het andere waar kon zijn als ik dat wilde.

Toen ik hier net hevig over aan het nadenken was, kwam mamo binnentinkelen, de luide klanken vulden het huis, ze krinkelde met haar ogen, de lijnen renden over haar gezicht, zoals altijd in haar boosheid. Er verstreek zeer veel tijd voordat ze weer linten in mijn vlechten draaide.

KLEIN WAS HET BLAUWE huis, klein was de hof, klein was de tastbare wereld om me heen, waarin mijn kleine lichaam mocht bewegen. Daarom zocht ik de dingen vooral bij mezelf en in mijn hoofd.

VAN DE HANDEN VAN MAMO weet ik niets, ze hield die nooit naast mij, ze liet ze altijd ergens in de hoogte bengelen. Of ze mepte ermee, maar dan waren ze te dicht bij mijn ogen om ze te kunnen onthouden.

Van het water weet ik ook niets, ik weet niet meer waaruit we dronken, ook niet of we dronken, aan mamo was niets waterachtigs te voelen, haar lichaam klaterde niet maar barstte en scheurde steeds, alsof haar botten uit haar droge lichaam groeiden. Ze was zo droog als een met stro gevulde kat, een lang beest met grote ogen. Bij oom Sanyi was een spotvogel aan de muur van zijn werkplaats vastgemaakt, de binnenkant was van stro, de buitenkant van vogel, nou, zo was mamo ook. Ik weet van geen ander eten dan zuringsoep, die door de koperen lepel in mijn mond nog zuurder werd. Er was nog een soort eten, mamo goot melk in de twee hol klinkende kommen en daar gooide ze stukjes brood in. Of omgekeerd, ze gooide er stuk-

jes brood in, en daarop kwam de melk. Dan begonnen de stukjes brood in de melk te zwellen, en dat
was mooi: als ik mijn oren ertegenaan hield, kon ik
het zwellen horen. Het leek een beetje op het geluid
van de vliegenvanger. De andere soorten eten leerde ik pas later kennen, mijn buik werd daar bijna
ziek van.

Bij ons waren er geen pannetjes zoals bij tante
Fülöp, hoewel ik er zo erg naar verlangde dat ze ook
bij ons met hun witte spikkels aan haken in de
muur zouden pronken, en dat ze het middageten
zouden koken als het hun lukte om op het fornuis
terecht te komen. Zulke pannen had mamo niet. Er
stonden ook geen kleine bekertjes op de planken
zoals bij tante Fülöp: een wit katje, een bekertje,
een wit katje, een bekertje. Ik telde ze vanaf het
raam tot het fornuis, en dan omgekeerd.

Mamo had grote bekers met een zigzagrand, ze
drukten tegen mijn lippen, en ik vroeg me af waarom mamo er stukken van afgebeten had waardoor
ze zulke tanden kregen. En mijn handen werden
moe als ik ze optilde, zo groot waren die bekers.
Er zat thee in.

Waar ik wel iets van wist, waren dingen die
niemand anders had: twee kleikikkers, waar ik

mijn uitgevallen tanden in verzamelde, totdat er zoveel in zaten dat ik er de maansikkel in mijn mond mee vol had kunnen steken. Ooit had mamo haar tanden vast ook verzameld, want aan de andere kleikikker schudde ik tevergeefs, er kwam geen geluid uit, maar mamo had wel veel tanden in een maansikkel, die ze in en uit haar mond kon schuiven als een lade.

Meestal keek ik alleen maar naar de kleikikkers, ik raakte ze niet aan, want mamo had me vaak verteld dat ze uit Boekarest kwamen, een mevrouw had ze aan haar gegeven omdat ze zo goed kon schoonmaken. Toen kon ik ook zien dat die mevrouw tussen vele kikkers in zat, terwijl mamo met een plumeau over ze heen wreef, ook over de tante en over de kerken met bolle hoofden – die had ik op een ansichtkaart gezien – en toen zei de mevrouw: 'U mag er twee uitkiezen, Anna.' Ik wist natuurlijk niet hoe ze dit zou hebben gezegd, want haar mond sprak anders. In een andere taal en met een andere tongval, zei mamo, en dit was om te lachen, want ik zag voor me hoe ze een andere tong in hun mond staken die dan zo bewoog dat alleen iemand met eenzelfde soort tong er iets van verstond. Als mamo goedgezind was en de kleikikkers haar aan andere talen en tongen deden denken, begon ze te zeggen 'da doamna', en hier kon ik op lopen als

een paard: 'dadam-na, dadam-na', en heel erg lachen, omdat mamo ook lachte. En dat gebeurde
niet vaak.

WE LAGEN IN ELKAAR GEDOKEN onder de donzen dekens in hun katoenen hoezen, we lagen tussen al dat blauw, en we waren blauw van de kou, het was moeilijk wonen in die kamer.

De kleine kachel die op zijn hurken zat werd rood van de inspanning, tot we eindelijk uit bed konden komen. Tegen die tijd was het ijs van de ruiten gesmolten en konden we tussen de stekelige planten door de kerk en de heuvel zien.

Mamo hield niet van voertuigen, van niets waar ik op of in moest zitten, niets wat men moest duwen, sturen, vasthouden, niets wat in een bepaalde richting reed. Voertuigen moesten niet bewegen, want bewegen was gevaarlijk. Ze kon de step en de slee niet uitstaan. Altijd als ik het er weer over had dat ik ook zoiets... en dat ze draaiden en glansden en dat ik met mijn voet kon remmen, begon ze met haar lange en afschrikwekkende klaaglied over het jongetje dat stierf omdat hij op een step reed. Hij viel en hij begon te bloeden en het wilde niet ophouden. Daar had hij gewoond, in de bocht.

Ik wist dat mijn bloeden wel zou ophouden, ik had immers korsten op mijn knieën zo groot als een koekje, maar wie weet wat een step kon doen, wat er kon gebeuren. Ik was al groot en mamo was al dood toen ik, heel langzaam, begon te steppen. En als ik langs het huis van het gestorven jongetje reed, keek ik altijd naar de grond, of ik daar geen bloed zag.

Uiteindelijk kreeg ik toch een slee. Maar ik mocht er niet de heuvel mee op, ik moest in de hof blijven en die was vlak, ik mocht de slee heen en weer trekken, hij had een leuning, en daar leunde ik ook tegen, maar het was toch niet zoals toen oom Sanyi me een keer de heuvel af liet glijden. Daar begon alles mee te bewegen, de lucht, de heuvel, de kinderen. Nu veegde ik wat sneeuw bij elkaar en maakte er een heuvel van, ik zette er de slee op, maar er bewoog niets, alleen golfde de warmte in mijn nek.

Toen schoof ik de slee opzij en wilde er niets meer mee. Ik loerde in de richting van de heuvel. En toen Lajika en de andere kinderen tegen me begonnen te schreeuwen 'je grootmoeder is een heks, je grootmoeder is een heks', wist ik dat ze gelijk hadden.

DE VOETEN VAN DE OOGLOZE MENSEN op de kerkmuur kwamen precies tot mijn handen, daarom kietelde ik ze. Dat deed ik ook omdat ze zo treurig waren, en die treurigheid zo erg lieten merken dat iedereen het goed kon zien. Er was een vrouw bij die in een pan zat en glimlachte, hoewel het haar vast en zeker pijn deed dat ze haar aan het koken waren. Haar voeten kon ik niet kietelen vanwege de pan. De muur van de kerk was als de huid van een groot vervellend dier: witte vlekken, gekleurde vlekken.

Ik zag ook dat sommigen een ring om hun hoofd hadden, en die glansde. Toen begreep ik dat hun hoofd barstte van de pijn, zoals bij mijn grootmoeder. Vandaar die ring. Maar hun gezicht was niet kreunerig, ze glimlachten allemaal.

Er was ook een duivel. Zijn taak was om naast die met de ringen te staan en het vuur onder de pan aan te blazen. De muur was vol met zulke dingen, tot aan de hemel. Mamo wees met haar knokige vingers omhoog: daar is de hemel, en daarna wees ze naar beneden: daar is de hel. De hemel was plat en vol bloemen, als een omgekantelde tuin. De bloemen had iemand erop geschilderd. De hel kraakte of dreunde als ik er op sprong. Van daar kwamen de duivels naar boven om te koken. Ze hadden wel veel ruimte daar in het gedreun, dat kon ik zo horen.

Als mamo genoeg met God had gepraat, kwamen de tranen in de rimpels onder haar ogen zitten, haar mond beefde en haar hart was zo met toegeeflijkheid vervuld dat ik naar boven mocht gaan, waar het orgel galmde. Daarboven galmde het zo sterk dat mijn gezicht loskwam van mijn hoofd, alsof de wind om me heen waaide en ook in mijn binnenste. En toen ik een keer naar beneden keek, kon ik de mensen zien, de hoofden met haren en zonder haren, en begon er iets te klepperen, en werden de haren tot gezichten die boos naar mij omhoog keken. De kleine houten vierkantjes waar de cijfers op stonden om te zeggen welk gezang de mensen moesten zingen, kletterden naar beneden. Want ik had ze verschoven terwijl ik naar de hoofden keek. Ze kletterden op de banken, op de hoofden met en zonder haren, ik weet het niet meer, en mamo zei: 'Je moet maar afwachten wanneer je weer naar het orgel toe mag, jij wurm.'

En thuisgekomen trok ze met haar klauwen mijn kousen uit.

MAMO ZAT WEL, MAAR ZELFS ALS ZE ZAT was het alsof ze stond, misschien niet zij, maar het werken in haar. Het werken stond bij haar in de houding, en het lette op. Zij keek voor zich uit – het was alsof ze zelfs zag wat er achter de breipatronen en achter de muur was, ook het niet bestaande –, ze draaide de wollen draden rond haar vingers, en die vingers gooiden het licht over de vijf breinaalden heen en weer, ik dacht weleens dat ze juwelen of de glanzende maan in de sokken wilde stoppen.

Daar zat ze met een rechte rug, en ze stond toe dat ik naar dat geschitter keek, of naar de kurkjes aan de uiteinden van de naalden die rezen en daalden. Mijn wimpers rezen en daalden mee, en langzaamaan ontstond er een trui uit dat vele zinloze gespartel.

Er was altijd wel iemand in het dorp die koude voeten of een koude rug kreeg, en dan kwam die naar mamo met een kapotte sok in zijn zak, want mamo moest weten hoe groot de nieuwe sokken moesten zijn die zij zou breien, opdat die goed zouden passen. Oude truien konden ze niet in hun zak meenemen, daarom namen ze hun rug en hun buik mee en lieten die aan mamo zien. Zij bedekte hun rug en hun buik met de gebreide lappen, en ging door met breien tot de wollen bol niet meer kon rollen en dus geen bol meer was.

Hier mocht ik naar kijken, en intussen begon ik ook te zien hoe goed mamo kon breien.

DE KERST WERD WINTERBOOMFEEST genoemd. Als ik dat zo uitsprak – met de lange n en m en de diepe *oo*, en de hoge i en *ee* –, kon ik wel voelen dat dit feest iets zeldzaams was, en bijna net zo mooi als het dansende poppetje van tante Fülöp, dat op een klein kanten kleedje stond, en het kleine kanten kleedje weer op een groter kanten kleed. Waarom dat mooi en zeldzaam was, kon ik niet zeggen.

Er lag overal sneeuw beneden en er lag overal sneeuw boven, daartussen hingen de huizen aan hun schoorstenen en aan de zachte rookslierten, en in de lucht tussen de huizen hingen de lange n's en de kronkelige *ee*'s. Ze hingen precies tot aan het cultuurhuis, waar toen groot gedrang in de menigte ontstond, de mouwen van de wollen truien en de bontjassen ritselden als de armen bewogen, de mensen van het Winterboomfeest begaven zich in de richting van de zakken vol sinaasappels, ze stampten met hun voeten, ze wilden die sinaasappels zelf hebben.

Ik weet niet meer wat ik daarna deed, en of ik ook zo'n Winterboomfeestpakket kreeg, maar ik zag dat sommigen alles opaten, en dat anderen het pakket aan hun moeder gaven, die het dan in een tas met een kliksluiting stopte: klik.

Wat ik me wel heel goed herinner is dat ik de papieren zak waar de sinaasappels in hadden gezeten, nog lange tijd bij me droeg.

MAMO HIELD NIET VAN TANTE FÜLOP. Tante Fülöp hield ook niet van mamo. Als de pijn in de rug van tante Fülöp schoot, vroeg ze mamo niet zelf om haar met de stolpjes beter te maken, maar stuurde ze oom Fülöp naar haar toe.

Als de leren voorschoot in de deuropening verscheen, wist ik dat oom Fülöp daar ook was, met zijn snor als een kleerborstel.

Kleerborstel zeg ik nu pas, want toen wist ik nog niet dat die bestonden, mamo had er geen, maar ik denk dat ik me die snor als een borstel had voorgesteld wanneer ze er wel een had gehad. Het snoer stak ver naar voren, oom Fülöp had er de pluisjes van zijn hoed en zelfs die van zijn voorschoot mee kunnen wegvegen.

Oom Fülöp kwam zo: eerst de snor, daarna de voorschoot, en als laatste het gekraak: 'Wilt u komen, Anna.'

Dan ging mamo vol barmhartigheid naar tante Fülöp om haar te genezen, maar de waarheid was dat ze haar eigenlijk wilde kwellen. Ze zei dat de stolpjes heel heet moesten zijn, want dan werd het genezen nog genezender. Dus brandde ze ringen op de donzige rug van tante Fülöp. Ze kwelde tante Fülöp omdat die zulke mooie kleine kopjes en geplooide kanten tafelkleden bezat, of omdat de zoon van tante Fülöp nog leefde en haar pakketten stuurde met fijne zeep, ik zou het niet weten. Als mamo hieraan dacht, besefte ze goed dat Ilike haar niets uit de hemel zou sturen, en dat ik haar bovendien tot last was, en dat er in onze vitrine niets was behalve die twee kikkers, we hadden geen plooien en geen schoonheid.

Dus ze hielden niet van elkaar, en dit lieten ze een keer duidelijk merken, toen er iets akeligs gebeurde vanwege *Beer de Brompot*.

Ik had twee boeken, *Wolfie-bolfie* en *Beer de Brompot*. *Brompot* stond vol plaatjes met kleine beertjes, het was kleuriger dan het versleten *Wolfie*, en het geurde naar zeep. Mamo zei dat het boek van Laci was, uit Bürkös, en tante Fülöp zei met luide stem dat het van háár zoon was, uit Boedapest, en dat zíj het aan ons had gegeven en dat zíj het nu mee naar huis zou nemen. Ze stonden allebei op en grepen naar de boekbladen die boven hen in de lucht fladderden, en ze grepen ook naar elkaars schouders en haarknotten. Mamo was lang en sterk, tante Fülöp zag eruit alsof ze van vijf kussens en een donsbed was gemaakt, natuurlijk viel ze op haar zachtheden in het grote heen-en-weergeduw. Daarvóór schreeuwde ze nog mijnhartachmijnhart, en liet ze haar ogen rollen.

Ik was bang dat ik zou gaan huilen, want het zat al in mij, maar ik wilde het er niet uit laten komen, ook mijn benen kneep ik tegen elkaar, ik hield mijn armen stijf tegen mijn lichaam, en ik probeerde me voor te stellen dat ik niet hier in de kamer was, maar buiten bij de poort. Want het kwam allemaal door mij, het was de schuld van mijn *Brompot* dat tante Fülöp zo naar adem hapte, en dat ze geel werd als de lemen vloer.

Ik kon me niet bewegen, ik zette grote ogen op, en ik voelde bijna dat iets me met zijn grote handen pakte om me op te eten.

Maar dat gebeurde niet. Ik moest tante Fülöp helpen opstaan, mamo tilde haar omhoog alsof ze het bed aan het opmaken was, en geen van twee praatte. Ze zei niet 'ga zitten, sta op', maar tante Fülöp ging toch zitten en stond daarna op, we brachten haar naar huis. Ze zei geen woord, het was alsof ze haar mond op de gele vloer had achtergelaten.

Ze kwam daarna nooit meer bij ons, en ze sprak nooit meer met mamo.

TANTE RÓZA WAS EVEN GROOT als ik, en haar huis kwam ook maar net boven mijn hoofd uit. Als mamo een keer ver weg wilde gaan, bijvoorbeeld naar deze kleine tante, deed ze haar groene omslagdoek met het pauwenpatroon om haar hoofd, ze bukte met die pauwen en ging door de kleine deur van tante Róza naar binnen, want ze waren vrienden.

Maar het licht kon niet zo goed bukken, daarom kon ik in het donker, toen we om de donkere tafel heen zaten, nog niet zien of er wel een tafel was en of wij het waren die eromheen zaten. Ik wist wel dat ik er was, de klerenkastgeur van mamo was er ook, en tante Róza zei in dat niets: 'Gaan jullie maar wat eten.'

Toen liep ik naar de vele paaseieren, die als een heuveltje midden op de tafel lagen. Aan de andere kant van de tafel zat de zoon van tante Róza, Sanyi, en hij zat daar niet zomaar, hij steunde het hele tafelblad, hij was de zitbank zelf, en hij smafte: 'Eeht wat eiheren, khind!' Voor hem gleden er ge-

kookte eiwitten over elkaar heen en over het tafel-
zeil, want oom Sanyi drukte de kleine, gekookte
geelgroenige bolletjes eruit, en hij slikte ze een
voor een door als een circusartiest. En tussen het
slikken door smafte hij een beetje. Iemand die veel
eieren eet wordt zelf een ei. Daar dacht ik aan, en
intussen meende ik te zien dat de wangen van
oom Sanyi geel en groen begonnen te worden.

Ik zag dit maar heel even – en wie weet of ik het
wel goed zag, het was immers donker –, want
oom Sanyi sprong plotseling op en brulde: 'Eet,
verdomme, zit me niet zo aan te staren!'

Intussen strekte hij zijn armen uit, en met het
strekken duwde hij ook de luiken open, het werd
licht achter zijn schouders. Toen was het alsof hij
twee vleugels van vensterglas kreeg. Zo liep hij het
huis uit, of liever: het kleine huis liep uit hem. Ik
was heel blij dat we oom Sanyi's kleine, gevleugel-
de, geelgroenige binnenkant mochten verlaten.
Het was stil, we zaten in stilte eieren te eten, en
daarna hoorde ik hem roepen: 'Kom hier!' En toen
ging ik naar hem toe, tot aan het huis van de lam-
metjes.
    Ik denk dat mijn benen helemaal stilstonden,
het naakte lam dat daar hing drukte me de grond

in, onder het beest lag zijn vacht, en er stond een pan vol bloed. Zijn ogen keken me aan, en ik kreeg het koud.

Mijn ogen bewogen niet, hoewel ik ze wilde bewegen om dit niet te zien en niet te weten.

ALS HET MAMO'S TAAK WAS GEWEEST om de mamo te zijn die naar het knarsetanden zoekt en dat ook vindt in de mond van mensen, dan zou dat een goed beroep voor haar zijn geweest, ze zou dit werk goed hebben kunnen doen. Dit kwam altijd 's avonds in me op, als ik in slaap begon te vallen en daarna alleen maar wist dat mamo aan me schudde net zoals ik aan de kikker schudde waar ik mijn tandjes in verzamelde. Ze riep: 'Knarsetand niet zo, je knarsetandt net als je vader.' De kikkerspaarpot liet na het schudden altijd iets uit zijn opening vallen, maar uit mij wilde het knarsetanden niet wegknarsen. Dan werd het weer avond, en vond mamo weer knarsetanden in mijn mond en schudde ze me. En omdat ze dan altijd 'je vader' zei, begon ik na te denken, diep na te denken. Over vader dacht ik – omdat ik allang wist dat ik er geen had – dat hij niet zulke knarsdingen kon doen met zijn tanden. Als iemand er niet is, dan doet die ook niets. En bovendien wist ik dat vaders mannen waren. En toen bedacht ik dat ik aan een

man moest denken, en dat deze man die tanden-
dingen deed. Dit was niet goed, want vader-man-
nen waren altijd de vaders van anderen, daarom
was dit geen goede gedachte.

Hier kreeg ik gauw genoeg van, en ik denk dat
ik deze gedachten snel had kunnen vergeten als
mamo niet zo'n goede knarsetandenvinder was,
en mij niet uit elke slaap had wakker geschud.
Maar ze bleef die vaderwoorden zeggen tegen
mijn zwetende, rode slaaporen, zo vaak dat als ze
aan het lampje draaide en het bed opensloeg, ik
altijd wist dat ze zo meteen ging schudden en dat
die gedachten straks weer zouden komen.

En dit was meestal zo, ik knarsetandde in mijn
slaap, daarom bracht mamo mij naar tante Rebi.
Als ik nu iets moest zeggen over tante Rebi, zou ik
zeggen dat ze als een vijg was, dat ze een hele vij-
genboom was, maar toen had ik nog nooit een vijg
gezien. Tante Rebi woonde met de kippen en met
oom Jóska. Oom Jóska liet me iets zien, hij stopte
zijn grote voet onder de buik van de kip, en toen
hief hij zijn voet op, en ook de kip, heel snel, en de
kip ging alleen verder door de lucht, in de richting
van de hof. Als ik me hevig genoeg verbaasde,
deed hij dit een paar keer achter elkaar, en lachten
we allebei. Mamo trok de haarspeld uit haar haarknot, ze stak die in haar mond, ze draaide aan

haar haren en gebaarde met haar handen, ze keek naar mij en naar de vliegende kippen, en dan weer naar mij, en daarna zei ze twee keer achter elkaar: 'Dit kind knarsetandt, Rebi, doe er iets aan.'

Ik dacht al dat er nu iets heel heftigs gedaan zou worden, tante Rebi ging bij me naar binnen met haar lepel, in die lepel lag een glanzende bol. Daarna moest ik rondlopen met een vlam, waar zij de lepel boven hield, daarna liep ik met een kom water rond, en vervolgens hield ze die vóór me. Daarna kon ik niets meer doen, en kwam er niets meer bij me naar binnen, want tante Rebi trok een laken over me heen.

Het iets dat gedaan werd, bromde een beetje, ik vroeg me af of het oom Jóska was die zo mooi op en neer bromde, maar ik besefte dat het alleen tante Rebi kon zijn, want de anderen gingen naar buiten toen het laken over me heen kwam. Toen begon het te stinken, en het was alsof oom Jóska in de kom vol water had gespuugd. Oom Jóska kon goed brommen en spugen. Maar hij was in de hof, met kip, mamo en al. Toen trok tante Rebi het laken van mijn hoofd, ze zwaaide het heen en weer, stak iets glanzends voor de ogen van mamo, die op de drempel stond, en zei: 'Kijk, Anna, zie je, er kwam een man uit het lood, hier zijn zijn voeten, het is duidelijk. Daar knarsetandt ze van.'

Ik kon die man met de voeten niet goed zien, want tante Rebi trok hem weg voor de ogen van mamo, en tegen de tijd dat ze bukte om de kommen en lepels te pakken, was hij ook uit haar hand verdwenen.

Ze zeiden dat waar ik bang voor was geweest nu in lood gegoten werd. En dat ik dus bang was voor een man met voeten.

Maar wie was de man met die voeten? Ik dacht een beetje aan de grote voet van oom Jóska, maar van die gedachte kreeg ik geen angst. Hoe zou de man zijn met die voeten, en waar was hij nu? We liepen naar huis, het werd avond, en ik wist dat er veel slechte dingen zouden gebeuren als ik ging slapen.

En zo was het: mamo schudde me weer en riep: 'Hé, knarsetand niet! Kijk hier, kijk me aan, je knarsetandt net als je vader!'

IN HET GROTE VENSTER zaten zes kleine venstertjes, ik zocht het beste uit, drukte mijn neus
tegen het glas en hield mijn adem in zodat ik oom
Fülöp goed kon zien. Oom Fülöp zat op een piep-
klein stoeltje, en liet de schoenen over zijn knieën
en zijn schort rollen, hij speelde met de gapende
schoenen.

Soms deed hij ook zíjn mond open, om bij zijn
schoenen te horen. Hij smeerde iets in hun gapende monden of hij naaide ze dicht. Als hij zijn mond
opendeed, was die net een lade vol messen, hij beet
de draden door met zijn glanzende tanden. Hij
maakte knopen, hij klakte en hij glanstandde, en
toen hij dit allemaal gedaan had, sloeg hij met zijn
kleverige handpalm op zijn kromme, gebogen knie
en zei: 'Nnnnou.'

Als ik daar voor een van de zes venstertjes stond
zonder adem te halen, zag ik deze dingen niet zo
goed, ik wist alleen maar dat het er een keer was
geweest, dat het ooit wel eens zo was gebeurd.

DE WEG WAS GESTREEPT: de karrenwielen draaiden er, en het draaien liet zijn sporen achter in het slurpende zwart. Als de strepen hard werden, stak ik er mijn voeten tussen, ik stapte in de sporen en volgde ze. Ik werd tot een wiel, tot een paard, of tot het gaan zelf. Paard zijn was het beste, ik schudde mijn hoofd en trok mijn knieën op tot aan mijn nek, daar op de weg bij de kerk. In de kerktoren waren de klokken en Albi, die zich aan de klokkentouwen vastklampte. En terwijl hij aan de touwen trok, was hij boos.

Toen ik een keer paard was, ontmoette ik Albi, hij had een pet op van lamsvacht, en hij lachte ook als hij niet lachte. Hij lachte altijd: als hij met zijn boosheid aan de touwen trok, als hij de pannenkoeken van tante Fülöp doorslikte, en als hij met de melk van de koeien op het karretje reed.

Ik weet niet meer of zijn hoofd rood was of zijn neus, want zijn neus was net zo groot en dik als zijn hoofd. Hij deed zijn lamspet af en zei:

'Goeiedag Angella', en ik zwaaide hem toe.

Ik zwaaide naar hem en naar zijn haren, die op zijn hoofd rechtop stonden. Mijn haren hingen naar beneden, die van Albi staken omhoog, in de richting van de klokken. Hij zei ook nog: 'Hoe gaat het met u, Angella', en hij schaterlachte alsof hij een hond of een grote krakende voordeur had doorgeslikt en die er nu uitgooide.

Ik bleef staan, ik was geen paard meer, ik keek toe hoe er een voordeur uit Albi zou losbarsten.

'S AVONDS TROK MAMO het bed tevoorschijn, ze legde haar gekreun op het kussen en blies de lamp uit.

Zo kwam het zingen van oom Feri naar binnen. Hij zocht altijd zingend naar zijn huis, hij zong met woorden, en dan met lalala's als we hem niet konden verstaan, want wij lagen binnen te luisteren terwijl hij buiten liep te zingen. Hij stuurde zijn klanken mooi naar omhoog en naar omlaag, en soms, als hij al moe was van het slingeren, mompelde hij wat. En toen herinnerde ik me dat we een wandtapijt in de keuken hadden waar een man op stond te zingen. Er waren drie muziekmakers naast hem en ze keken allemaal op naar een venster, naar een vrouw die daar uitkrulde. En toen zag ik oom Feri met die drie muziekmakende mannen in de bloementuin, hij zong iets moois tussen de dahlia's en stuurde dat mooie naar boven.

'Smerige dronkaard,' zei mamo. Ze sloeg op het dons en draaide zich om met haar gezicht naar de muur. De dahlia's en het mooie draaiden met haar mee.

IK KIJK NAAR AL DIE PLAATSEN om er een te vinden waar ik destijds altijd, ook 's avonds, naartoe had gekund, ondanks al mijn angsten.

Eigenlijk overal naartoe, wanneer dan ook, ook 's avonds. Geen van die plaatsen was in het huis, ik wist heel goed dat ik daar weg moest, ten minste met mijn ogen, van binnen naar buiten, want in de kamer waren de dingen in orde en ik had alle ordelijke dingen al geprobeerd.

Daarom moest ik naar buiten kijken, ook als mamo de knopen uit mijn haren aan het trekken was. Ik was slaperig, ook de haren op mijn hoofd waren slaperig, ze konden de knopen niet aan mijn hebberige grootmoeder geven.

'Jank niet, kijk naar Karcsi,' zei ze 's ochtends, en ze rukte aan mijn hoofd zodat eerst het venster en de straat voor me verschenen, en daarna ook het huis van oom Karcsi. En oom Karcsi stond voor zijn huis alsof mamo zijn haren al had gladgekamd, en hem had gevraagd om naar mij te kijken, om goed naar mij te kijken.

Kijknaarkarcsi, kijknaarkarcsi.

Ik keek naar Karcsi, want als ik niet keek, deden mijn haren pijn. Al het wegwillengaan van de hele wereld verzamelde zich in mijn benen, en ik zag dat dit willen pas stopte bij de winkel, bij de toonbank van de winkel, bij de tante, de wonderschone Rózsika die zich van achter de verre toonbank naar me toe boog.

'Wil je een snoepje, Angica?' vroeg ze en ze strooide alles wat te zien en te ruiken was om zich heen, zodat ik het nauwelijks bij elkaar kon vegen: haar lekkere geur, de krullen in haar haren, het blauwe steentje op haar ring. Om haar heen was alles alsof alleen zij was overgebleven van een sprookjespaleis, nadat iemand zomaar al het mooie had meegenomen.

Er stonden drie zakken op de grond, op de plank een doos met vruchtengelei en potten ingemaakte bieten. Op de toonbank lagen biscuitjes, bruin brood, en ook nog zuurtjes, maar die smaakten alsof ze in de kelder waren gekweekt. Meer was er niet.

Als tante Rózsika van achter de verre toonbank kwam en zich bijvoorbeeld naar een van de zakken begaf, liep ze alsof haar hoge veterschoenen haar voeten wilden loslaten. Ze schreed langzaam voort, en terwijl ze schreed, zette ze de potten met bieten recht zodat die voor zich uit konden kijken.

Zo zweefde ze door de winkel. Heen en weer.

Als ik opkeek en al dat moois bij elkaar had geveegd, graaide ze in de doos vol snoepjes, en dat was ook mooi, want het blauwe steentje mengde zich met de zuurtjes, het metalen schepje liet er een paar in een papieren zak vallen, en ik voelde ze al in mijn mond, maar daar waren ze nog niet.

'Psst,' zei tante Rózsika. Ze stak haar mollige vingers omhoog en kneep haar ogen dicht, het was gemakkelijk om stil te zijn, er kwam geen enkel geluid uit mijn mond vol zoetigheden.

Maar toen begon ik te janken, want mamo rukte aan mijn haren en ik besefte dat er geen snoepjes waren, en ook geen Rózsika met haar pruillippen, en ook geen rondkijken om die verre toonbank heen. Alleen Karcsi was er die naar me keek, en ik wist niet of hij zag dat ik zonet iets lekkers had gegeten.

ZULK EEN GROOT GEKAM was er ook op de dag dat mamo het koffertje openklikte waarmee ooit mijn moeder en ik in het kleine blauwe huis waren aangekomen, mijn moeder om er te sterven en ik om er te leven.

Mamo pakte de kleren van mijn moeder uit, ze raapte ze bij elkaar alsof ze ze allemaal tegelijk wilde aantrekken, ze draaide zich om, ze had kunnen ronddansen met die fladderende zomerjurken.

Maar ze danste niet, ze ging naar tante Regina.

Tante Regina had een wondermachine, er waren draden op gespannen, het was net een cimbaal, zoals dat van Imre van het bal, tante Regina stak de in repen gesneden jurken tussen die draden heen en weer, ze kwamen vast te zitten tussen de draden, er ontstonden strepen, de ene streep na de andere, en ten slotte werden ze tot een vloerkleed.

Als mamo en tante Regina niet naar me keken – ze zaten in een hoek met elkaar te fluisteren, of ze zochten naar de afgeknipte en wegrollende knopen –, dan was ik vrij en ik maakte muziek met de gespannen draden, ik plukte eraan: ploem-ploem. Dat mocht niet.

Ook de schaar kon muziek maken, hij opende zich met een schurend geluid, beet in de kleren en kauwde ze tot reepjes.

'Ik wil ze niet meer in huis hebben,' zei mamo terwijl ze vol zwier met haar gereedschap omging, ze duwde ertegen alsof het niet sterk genoeg was. Bij haar voeten stapelde zich op wat ooit een rok was, en ook de boosheid van mamo dwarrelde naar de grond, ze was boos op de rok omdat die van Ilike was en op Ilike omdat ze thuiskwam om te sterven en omdat mamo dan haar rok moest bewaren.

Tante Regina knikte instemmend, terwijl ze de repen opwond tot een bol, de rok van mijn moeder werd tot een bal, ik had er mee kunnen spelen. Moeder-bal.

Ze wonden ook haar geur op en ze verstopten die voor mij, en toen weefden ze er een vloerkleed van.

Ik kon niet spelen met die bruine bal, en later kon ik niet op de bruine streep in het vloerkleed stappen, ik ontweek die liever.

VANAF DE VERANDA kon ik net zien dat mamo met de planken aan het vechten was, ze leunde met haar hele gewicht tegen het hek tot het openging en in deze opening begon er een auto te zwellen. Hij groeide de hof binnen. Als ik van de veranda was afgestapt had ik er zeker overheen kunnen lopen, want zijn gladde dak vulde alles op. Ook de tante die uit de auto kwam was iemand die alles vulde, eerst vulde ze de auto, daarna vulde ze het huis, het duurde zo lang tot haar lichaam het huis bereikte, dat ik haar hoofd goed kon bekijken, een ring in een ring, met daarin nog een ring en nog een ring, in haar bril haar ogen, als twee slakkenhuizen onder haar voorhoofd. Tante Ilus en oom Gyula, zij waren onze familie. Oom Gyula had geen slakkenhuizen, toch puilden zijn ogen uit als teken dat mamo iets verkeerds had gedaan. Toen hief mamo haar armen op, maar alleen half, ze deed haar mond open, maar sloot die weer snel, ze had inderdaad niets goed gedaan.

Het grote lichaam van tante Ilus moet op haar

gedrukt hebben, want er barstte een gekreun uit haar: 'Wat moet ik doen, Gyula, ik heb geen geld.' Toen pakte oom Gyula zijn portemonnee, haalde twee blauwe bankbiljetten tevoorschijn, en legde die neer. En tante Ilus trok zichzelf uit de stoel omhoog, dit keer deed ze het snel, en de auto reed luidruchtig weg.

De adem joeg door mamo's lichaam, de knopen op de vlakte onder haar hals bewogen op en neer. En ik krabde aan de tafel, ik had de twee blauwe biljetten graag van dichtbij willen bekijken, ik vroeg me af wat voor plaatjes erop stonden. Misschien stond er een foto van oom Gyula en tante Ilus op. Maar misschien ook niet.

IK HAD DRIE DEURKLINKEN, klinken die me niet verder lieten gaan. Als ze niet op de deuren hadden gezeten, was ik doorgelopen, over de drempels, maar zo moest ik stoppen.

De ene klink was in de kamer. Als ik uit de keuken kwam, zag ik die ook. Als hij bewoog, maakte hij een blubbend geluid, de deur ging open, ik klampte me vast aan zijn beide oren en ik hing eraan, helemaal langs de rand van de deur, het voelde wel scherp maar het was goed.

De andere klink deed alsof hij geen klink was. De grote stukken ijzer verroerden zich niet eens als ik naar de hof wilde, het huis uit.

Van de derde klink wist ik dat die van mamo was. Ze liet met een sleutel de klink toe om een klink te zijn. Als ze hem niet gesleuteld had, drukte ik er vergeefs tegen, de deur wilde dan niet opengaan, en de genezende flesjes daarbinnen openden zich ook niet, en ook de muizen niet in de houten doos die met een harde klap dichtsloeg.

Mamo had van alles kunnen verzamelen: kurken, eieren, knopen. Maar nee, want ze wilde alleen maar muizen verzamelen. Die schoten door de kamer: ze waren er, daarna waren ze er niet, en daarna weer wel. En daarna pakte de houten doos hun nek met een klap vast. Mamo haalde ze uit de doos, ze liet ze in hun geheel zien door ze aan hun staart vast te houden en ze een zetje te geven zodat ze ronddraaiden. Ze hield hun staart vast alsof het naaigaren was en zij er iets mee wilde naaien. Een muizenjas. Tante Fülöp had een vos om haar hals, wij hadden zoiets van muizen kunnen hebben, maar we wilden dat niet. Ik wilde het niet. Mamo ook niet, zij ging liever in het midden van de hof staan, ze stak dan haar arm omhoog en gooide de muis die ze net had gepakt in de hof van oom en tante Fülöp. De kleine lichaampjes ploften op kolen en op allerlei andere groenten. Dan werd het gelaat van mamo altijd glad, de grenslijnen van haar gezicht gingen open. Haar armen zakten golvend omlaag, en ze bleef in die zachtheid tot oom Fülöp met een krakende stem tegen haar riep: 'Neem een kat in huis, Anna, gooi ze niet hierheen.'

En toen trokken de rimpels zich weer terug op hun plaats, ze lieten de grenzen zien van het gezicht van mamo.

Zo ging het met de muizen in de voorraadkamer, en als mamo de klink besleutelde, gebeurden er daarna altijd zulke dingen. Zo was het met de deurklinken.

Op de poort zat niets wat open kon maken, er was een draad die mamo ergens vastmaakte, geen hond wil hier iets hebben, dat is wat mamo zei. Toen mamo dit zei begon ik na te denken, want tot dan toe dacht ik dat de honden mij heel graag hadden gewild, en dat ze me wilden opeten, ze werden altijd gauw boos als ik met mamo naar de kleuterschool liep. Ze sprongen tegen het hek, hun tanden sloegen tegen elkaar en alles aan hen gromde. Eris niets, weesnietbang, bleef mamo zeggen. Maar ik bleef bang, en keek voor me uit, ik hield mamo vast zodat zij aan de kant van de honden liep. Ik hield mijn schouders opgetrokken, ook als alleen het hek gromde.

PAPA LAJI KWAM ALTIJD bij het dingdongen van de klokken voor de kleuterschool aan.

Hij kwam uit mijn straat, de naam van de straat was Fesszeg, en hij dreef de kinderen die in die straat woonden voor zich uit.

'Hé, Laji, ben je herder geworden?' riepen de andere mannen hem na, want Papa Laji had inderdaad ooit bedacht dat hij op alle kinderen zou passen, opdat ze niet in een greppel zouden vallen of door boze mensen ontvoerd zouden worden. Daarom wachtte hij op ons voor de deur van de kleuterschool, en liep met ons mee tot aan de deur van het huis waar we woonden.

Bij Papa Laji woonde niemand behalve Papa Laji.

Mamo zei dat Papa Laji de kinderen, ons dus, begeleidde, omdat God hem geen kind had geschonken. Ik kon me niet indenken waarom God de gedachte had gekregen om hem geen kind te schenken. Er waren nog meer dingen die ik me niet kon indenken.

We zagen Papa Laji alleen als hij ons in een rij liet staan voor de kleuterschool, en als hij ons bij onze eigen voordeur binnenliet.

Onderweg zagen we hem alleen als Lajika en Ratje voor het huis van de boze mevrouw begonnen te brullen: 'Lina de Pauw, Lina de Pauw!'

Dan dreunde de mevrouw over haar veranda en gooide ons de inhoud van haar po achterna, terwijl ze jankte en gilde. Het probleem was dat Papa Laji niet zo snel kon rennen als wij, daarom werd hij soms getroffen door het gespetter.

We konden niet alleen zien dat Papa Laji een rode kop kreeg als een bord vol zure kersen, maar we konden ook horen wat voor geschreeuw er uit zijn kop kwam: 'Jongens, wees niet zo boosaardig, jongens... Waarom brullen jullie... Die gekke vrouw heeft genoeg aan haar hoofd, ik breng jullie niet meer thuis... jongens...' en hij hijgde. En de volgende dag stond hij toch weer voor de deur van de kleuterschool om op ons te kunnen passen.

Soms pakte ik zijn hand vast om hem te helpen beter op ons te kunnen passen.

MAMO STOND EVEN op haar benen, daarna ging ze in bed liggen en zei dat ze nu ziek was. Door het liggen kwam het spreken moeizamer uit haar mond, en als ze al iets zei, begon het met kom-hier, haar stem was alsof ze die van onder het bed tevoorschijn moest halen als een versleten koffer. Ik ging bij haar staan en hielp haar om de dingen die ze aan mij wilde geven op haar buik te zetten. Van onder de kussens haalde ze kleine ijzeren letters, Sz en A, deze letters lagen op het dekbed en hielden elkaar vast. Hier moet je op passen, dit is mijn naam, zei ze en ze legde ze in mijn hand-palm. De naam van mamo prikte, de eruitsteken-de randjes prikten, ze maakten water in mijn hand, alsof ik ze aan het wassen was. En ik hield ze stevig vast om er goed op te passen, als dit ma-mo's naam was.

Want wat zou er gebeuren als ik ze verloor zoals mijn handschoenen van lamsvacht? (Nadat ik mijn handschoenen verloren had, naaide mamo mijn nieuwe handschoenen aan een koordje vast, en

hing dat koordje om mijn nek, ik zag er paardach-
tig uit, ik hield er niet van.)

Anna Szabó, dat betekenden die letters, zei
Zolti. Maar mamo heette toch mamo? Ik wist wel
dat ze ook Anna was, maar Anna Szabó kon ik niet
over mijn lippen krijgen.

Ik was die woorden nog in mijn mond aan het
zoeken toen mamo ook een tas pakte die naast het
bed stond. Hij was bruin, met daarop nog een stuk
bruin, en daarop een slotje. Ik had die tas al gezien
toen men bij de Vrouwenvereniging zei dat dit
mijn schooltas zou zijn als ik nog tien nachtjes zou
slapen en mijn grootmoeder zou gehoorzamen.

De letters moeten op de tas geprikt worden,
stamelde mamo. Jouw naam is ook met een A,
meisje, ga maar, Zolti zal ze op je tas prikken.

Na twee nachtjes te hebben geslapen kwam de
naam van mamo op de tas, en de tas op mijn rug.
Ik liep ermee rond bij oom Sanyi, tot aan de ach-
tertuin en terug, ik wilde voelen hoe het was om
hem te dragen. Bij elke stap zong ik annaszabó,
annaszabó, en ik dacht: het beste zou zijn als ik alles maar zou verstoppen, mijn rug met tas en al
tussen de rabarber.

MIJN HAREN GROEIDEN, we moesten mijn vlechten al dubbel maken en ze bij mijn oren met rode of witte linten vaststrikken. Mijn nieuwe tanden groeiden ook, en mijn schoenen werden steeds kleiner voor mijn voeten, we moesten er de punten van afknippen zodat mijn groeiende tenen ruimte kregen.

Mamo lag al die tijd in bed, ze lag er zo lang in dat ik dacht dat het, als ze ooit nog zou opstaan, op haar rug zou zijn vastgegroeid, zo niet het hele bed, dan ten minste het blauw, het blauwe ervan. Ze liep niet meer naar de zolder, niet meer de tuin in of de straat op, ik hoefde haar nooit te zoeken, want ze lag altijd in bed.

Op een ochtend werkte ze zich toch omhoog uit het bed, ze strompelde door de kamer, en zo kwam ze hevig struikelend bij de voorraadkamer, daarna keerde ze terug met de slappe tas waar ze ooit haar flesjes in vervoerde.

Ze maakte de slapheid van de tas dik met nacht-
hemden en lappen, ze kleedde zich aan, ze trok de
strakke, genopte jurk over mijn hoofd, ze bukte
zich om mijn hand en de tas te pakken, en we liepen rechtstreeks naar oom Sanyi.

We stapten bij hem naar binnen – we bleven staan
tussen twee deuren –, de woorden die mamo tot
oom Sanyi richtte, golfden over mijn hoofd heen,
het ging steeds sneller, ze sprak over de dokter die
haar naar het ziekenhuis had gestuurd, en zei dat
ze het kind aan niemand kon toevertrouwen, en
wat de mensen ook beweerden, zij was altijd als
een moeder voor het meisje geweest, Ilike zou het
haar vergeven dat ze nu wegging.

   Haar spreken was bang, ik keek naar haar op
om te zien wat er met haar aan de hand was, ze
trok het hoekje van haar hoofddoek steeds voor
haar mond, en ze veegde dan iets weg. Daarna
draaide ze mij naar zich toe, ze maakte met haar
speeksel een scheiding in mijn haar, precies in het
midden, en zei: 'Gedraag je.' Daar begreep ik al
helemaal niets van, in ieder geval minder dan van
haar stamelende woorden van daarvoor.

   Ze vertrok op een manier – mij op de drempel
achterlatend – alsof ze de deurklink of iets belangrijks had gestolen. Er was niets aan de hand, dacht

ik, waarom zou Ilike boos zijn als ik zo feestelijk aangekleed mooie dingen mocht zien en lekkere dingen eten, kleine hapjes brood met spek, van tinkelende, glanzende borden.

Het hele huis tinkelde en glansde, ik wist allang hoe mooi het was, ik mocht daar soms van mamo naartoe gaan sinds ze in bed woonde. In die schoonheid verscheen er altijd iemand die naar me toekwam om me vast te houden, op te tillen en tegen me te praten. Het was een goede plek.

De tijd verstreek, liep voor ons uit, en mamo was nog steeds in het ziekenhuis. Ik ging naar school, ik kreeg een prik in mijn arm, en om mijn arm een groot embleem, dat van de valken van het vaderland, en 's avonds bad ik tot mamo opdat haar buik zou genezen.

Over de dood wist ik wel iets: dat iemand leefde en leefde en daarna zijn ogen sloot, en ze nooit, maar dan ook nooit meer open kon doen, vanwege de dood.

De dood was Ilike, het kerkhof, het huilen, de zwarte koets. Dit wist ik allemaal, en toch, op de dag dat ik in de grote hof op mijn hurken tussen de kippen zat en aan de grond krabde, en oom Sanyi van de kruk opstond om naar me toe te lo-

pen terwijl hij zei: 'Klein meisje van mij, je grootmoeder is dood', verbaasde het me dat dit gezegd
kon worden. Dan zou ze haar ogen dus nooit meer
open doen, terwijl het haar taak was om bij mij te
zijn. Ik zat te huilen op de kruk, oom Sanyi legde
zijn hand op mijn hoofd, en door mijn tranen
heen zagen de kippen er zeer interessant uit, en
toen vloog mamo daar vóór me, omhoog, zoals de
regen, maar dan omgekeerd, ze liep daar met de
dikke tas, haar haarknot stak door de wolken.

En toen zag ik haar zoals ze in de werkelijkheid
was: dat ze niet naar de wolken liep, naar omhoog, maar plat lag als een bed en naar beneden
ging, en ze had geen tas, en ze keek niet, ze lag
maar in de houten kist, om haar gezicht zat haar
hoofddoek, waarvan de hoeken boven haar hoofd
uitstaken, ze was net een oud konijn. Ik had willen
lachen, maar tante Ilus drong in dit lachwekkend
kijken binnen, pakte me met haar in het zwart ge-
klede grote lichaam, ze tilde me op boven de glanzende, gesluierde houten kist, en zei: 'Neem af-
scheid van je grootmoeder, geef haar een kusje.'
Het enige wat ik wist, was dat ik dat niet wilde
doen, en dat het er naar azijn stonk. Ik wilde liever
versmelten met het grote lichaam dat me vast-
hield, ik spande me, maar tevergeefs, mijn hoofd
werd steeds dichter naar dat van mamo geduwd,

ik was al binnen in de houten kist, mamo's hoofd werd mijn hoofd, het gele van haar gezicht was op het mijne gekomen, ik werd degene die zich niet verroerde.

Lange tijd hing ik zo voordat ik voelde dat ik weer op de vloer stond.

Iedereen omhelsde me, mijn gezicht kwam onder hun speeksel, ze zeiden 'kleine wees' en ze smakten.

Ook de kinderen van de school waren er, met valken-van-het-vaderlandhoeden op, en met het embleem, en tussen hen in hadden ze een grote bloemenkrans, zo groot als zij allemaal. Of zo groot als de juf – ja, zo'n grote bloemenkrans hadden ze meegebracht. Ze waren vast bang, want ik begroette hen en wuifde hen toe, maar zij zeiden geen woord. Eerst dacht ik dat ze me niet herkenden, omdat ik er met de zwarte doek van tante Fülöp anders uitzag dan wanneer ik mijn valkenuniform aanhad zoals zij. Ik had graag bij hen willen staan, als valk.

Ik begon me af te vragen of mamo's gezicht misschien over het mijne was geplakt bij de houten kist, en of ik voortaan niet mamo zou zijn.

Ik raakte mijn gezicht aan, maar er zaten geen rimpels op.

De wielen van de kar – die alleen voor de doden was – begonnen te draaien en ze namen de houten kist mee, met mamo daarin. Midden op het kerkhof was een groot gat, daar deden ze de kist in, alsof ze aardappels aan het poten waren.

Ik vroeg me even af of ik voortaan ik zou zijn of iemand anders, zo zonder mamo.

INHOUD